UNCLE NACHO'S HAT

EL SOMBRERO DEL TÍO NACHO

Adapted by / Adaptado por
HARRIET ROHMER

Illustrations by / Ilustraciones por
MIRA REISBERG

Spanish version / Versión en español
ROSALMA ZUBIZARRETA

Children's Book Press, *an imprint of* Lee & Low Books Inc.
New York

Every day Uncle Nacho woke up with the sun. He said "Good morning" to his cat and his dog. He said "Good morning" to his parrot and his monkey. And he said "Good morning" to his hat which was old and full of holes.

Cada día, el tío Nacho se despertaba con el sol. Les daba los buenos días a su gato y a su perro. Les daba los buenos días a su loro y a su mono. Y le daba los buenos días a su sombrero, que estaba muy viejo y todo agujereado.

Uncle Nacho lit a fire to make his morning coffee. When the fire started to go out, he fanned it with his hat. But since his hat was old and full of holes, it didn't do any good.

The little house filled with smoke. The cat meowed. The dog barked. The parrot screeched. The monkey screamed. And Uncle Nacho began to yell at his hat: "You're useless and full of holes. You're no good for anything anymore!"

"Uncle Nacho! Uncle Nacho!" came a voice at the door.

El tío Nacho encendió el fuego para hacer su café matutino. Cuando el fuego comenzó a apagarse, él lo avivó echándole aire con el sombrero. Pero como su sombrero estaba viejo y todo agujereado, no le dio mucho resultado.

La casita se llenó de humo. El gato maulló. El perro ladró. El loro chilló. El mono gritó. Y el tío Nacho comenzó a gritarle a su sombrero: —¡Eres inútil, y estás todo agujereado! ¡Ya no sirves para nada!

—¡Tío Nacho! ¡Tío Nacho! —llamó alguien a la puerta.

It was Ambrosia, Uncle Nacho's niece. She always stopped in for a little visit on her way to school.

"What's the matter, Uncle Nacho? Is the house burning down?"

"No, Ambrosia. I'm just fighting with my hat again. It's no good to me anymore."

"You say that every morning, Uncle Nacho. So today I have a present for you—a new hat!"

Era Ambrosia, la sobrina del tío Nacho. Ella siempre pasaba de visita un ratito camino de la escuela.

—¿Qué pasa, Tío Nacho? ¿Se está quemando la casa?

—No, Ambrosia. Sólo estoy peleando otra vez con mi sombrero. Ya no me sirve para nada.

—Dices eso cada mañana, Tío Nacho. Por eso hoy día tengo un regalo para ti: ¡un sombrero nuevo!

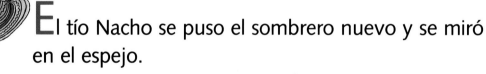U

ncle Nacho put on the new hat and looked at himself in the mirror.

"See how handsome it makes you look, Uncle Nacho," said Ambrosia.

"It's true. All the girls will fall in love with me."

"That's for sure, Uncle Nacho. Well, I have to go to school now. I'll come by later."

"Take care of yourself, Ambrosia. And thank you for the hat."

El tío Nacho se puso el sombrero nuevo y se miró en el espejo.

—Mira qué guapo te ves ahora, Tío Nacho —dijo Ambrosia.

—Es verdad. Todas las muchachas se van a enamorar de mí.

—Pues claro, Tío Nacho. Bueno, tengo que irme a la escuela. Pasaré de vuelta más tarde.

—Cuídate, Ambrosia. Y muchas gracias por el sombrero.

Now I have a new hat," said Uncle Nacho to himself. "But what am I going to do with this old hat that's not good for anything anymore?"

"Hat," he said to his old hat. "What am I going to do with you?"

"I know. I'll put you in my trunk."

"Wait a minute. What if the mice get in and start to eat you? No, no, no. I'd better not put you in my trunk."

Así que ahora tengo un sombrero nuevo —se dijo el tío Nacho a sí mismo—. Pero, ¿qué voy a hacer con este sombrero viejo que ya no sirve para nada?

—Oye sombrero —le dijo a su sombrero viejo—. ¿Qué voy a hacer contigo?

—Ya sé. Té meteré dentro de mi baúl.

—Espérate un ratito. ¿Qué si entran los ratones y te empiezan a comer? No, no, no. Mejor no te meto dentro del baúl.

But hat, you're really not good for anything anymore," said Uncle Nacho. "You don't keep me dry in the rain. I should throw you away. I'll just take you outside right now and throw you away in the street."

"Wait a minute. I think I see a car coming. You might get run over. No, no, no. I'd better not throw you away in the street."

Pero sombrero, la verdad es que ya no me sirves para nada —dijo el tío Nacho—. No me proteges de la lluvia. Te debería tirar. Saldré afuera en este momento y te tiraré a la calle.

—Espérate un ratito. Creo que veo venir un carro. Te puede atropellar. No, no, no. Mejor no te tiro a la calle.

But hat, you're really not good for anything anymore," said Uncle Nacho. "You don't keep the sun off my head. I should throw you away. I'll just take you outside right now and throw you in the trash."

"There! May some good man find you. Someone who will appreciate you. A decent person. God bless you both!"

Pero sombrero, la verdad es que ya no me sirves para nada —dijo el tío Nacho—. No me proteges del sol. Te debería botar. Saldré afuera en este momento y te botaré a la basura.

—¡Ya está! Espero que algún buen hombre te encuentre. Alguien que te aprecie. Una persona decente. ¡Que Dios los bendiga a los dos!

A few moments later, along came Chabela, Ambrosia's mother. She was coming from the market and trying to count her change. Then she saw Uncle Nacho's hat.

"I know this hat. It's Uncle Nacho's hat. Somebody must be playing a trick on poor old Uncle Nacho. Hat, you're coming with me right away! I'm taking you home to Uncle Nacho!"

Unos minutos más tarde, pasó por allí Chabela, la mamá de Ambrosia. Estaba regresando del mercado e iba contando su vuelto. Y entonces vio el sombrero del tío Nacho.

—Yo conozco este sombrero. Es el sombrero del tío Nacho. Alguien debe estarle haciendo una broma al tío Nacho, pobre viejo. Sombrero, ¡vas a venir conmigo ahorita mismo! ¡Te voy a llevar a tu casa, y te devolveré al tío Nacho!

Look, Uncle Nacho! Look what I found! Your hat!"

"Thank you very much, Chabela. But I threw this old hat away because your daughter Ambrosia gave me a new one. See, doesn't it look good on me?"

"Ambrosia gave you a new hat so you threw away your old one? Ay! How will anyone know you without your hat?"

"You're right. Chabela. Thank you." And Uncle Nacho took back his old hat.

Mira, Tío Nacho! ¡Mira lo que me encontré! ¡Tu sombrero!

—Muchísimas gracias, Chabela. Pero este sombrero viejo lo boté porque tu hija Ambrosia me regaló uno nuevo. ¿Ves qué bien me queda?

—¿Ambrosia te regaló un sombrero nuevo así que botaste tu sombrero viejo? ¡Ay! ¿Cómo te va a reconocer la gente sin tu sombrero?

—Es cierto, Chabela. Gracias —Y el tío Nacho tomó su sombrero viejo.

"But in truth, hat, you're not good for anything anymore," said Uncle Nacho. "I really should throw you away. This time I'm taking you far away from here. Then my heart won't break when I think about you."

So Uncle Nacho took his old hat to the very edge of the town where the town became the country and he hung it on the branch of a flowering tree.

"There. At last we can say goodbye."

Pero verdaderamente, sombrero, ya no me sirves para nada —dijo el tío Nacho—. De veras que debiera tirarte. Esta vez te voy a llevar lejos de aquí. Así no se me partirá el corazón cuando piense en ti.

Así que el tío Nacho llevó a su sombrero viejo hasta las afueras del pueblo, donde el pueblo se convierte en campo. Lo colgó en la rama de un árbol que estaba floreciendo.

—Ya está. Por fin podemos despedirnos.

Under the tree an old gentleman was just waking up from his nap. He saw Uncle Nacho's hat. "Sir! Sir! You've forgotten your hat."

"I'm leaving it here," said Uncle Nacho. "It isn't any use to me anymore."

"Can you give it to me, then?"

"Take it. The hat is yours."

"Thank you, sir! Thank you very much!"

Uncle Nacho watched the old gentleman walk away wearing the hat. "At last a deserving person has my hat. May it serve him well."

Debajo del árbol, un señor anciano estaba despertándose de su siesta. Vio el sombrero del tío Nacho. —¡Señor! ¡Señor! Se ha olvidado su sombrero.

—Lo estoy dejando acá —dijo el tío Nacho—. A mí ya no me sirve.

—¿Me lo podría dar, entonces?

—Tómelo. El sombrero es suyo.

—¡Muchas gracias, señor! ¡Muchísimas gracias!

El tío Nacho miró al señor anciano que se marchaba con el sombrero puesto. —Por fin una persona que se lo merece tiene mi sombrero. Que le sirva bien.

The old gentleman was so happy with his hat that he didn't see Pedro and Paco following him.

"Hey look!" said Pedro. "That old guy's wearing Uncle Nacho's hat. He must have stolen it!"

"We're taking back the hat you stole!" cried Paco.

"I did not steal it!" protested the old gentleman.

"That's a lie! You stole it!" The boys and the old gentleman fought over the hat until it was completely torn apart. Finally, the boys grabbed it and ran away.

"We got it! Let's take it to Uncle Nacho! Uncle Nacho will be so happy to have his hat!"

El señor anciano estaba tan contento con su sombrero que no vio a Pedro y a Paco que lo estaban siguiendo.

—¡Mira! —dijo Pedro—. Ese viejo lleva puesto el sombrero del tío Nacho. ¡Debe habérselo robado!

—¡Vamos a quitarle ese sombrero que se ha robado! —gritó Paco.

—¡No me lo robé! —protestó el señor anciano.

—¡Es mentira! ¡Se lo robó! —Los muchachos y el señor anciano se pelearon por el sombrero hasta que el sombrero estaba despedazado. Por fin los muchachos lo arrebataron y se fueron corriendo.

—¡Ya lo tenemos! ¡Vamos a llevárselo al tío Nacho! ¡El tío Nacho estará tan contento de tener a su sombrero de vuelta!

ncle Nacho! Uncle Nacho!"

"What's going on boys?"

"Look what we've got! We got your hat back from that old thief who stole it!"

Uncle Nacho was angry. "I gave that hat to the old gentleman and now you've ruined it. It isn't even a hat anymore!"

Uncle Nacho took back what was left of the old hat and slammed the door.

ío Nacho! ¡Tío Nacho!

—¿Qué pasa, muchachos?

—¡Mira lo que tenemos, Tío Nacho! ¡Le quitamos tu sombrero a ese viejo ladrón que se lo había robado!

El tío Nacho se enojó. —Yo le dí mi sombrero a ese señor anciano, y ahora ustedes lo han arruinado. ¡Ya ni siquiera es sombrero!

El tío Nacho tomó lo que quedaba del sombrero viejo y tiró la puerta.

A little later, Ambrosia arrived for a visit on her way home from school. "What's the matter, Uncle Nacho? Why aren't you wearing your new hat?"

"I've been too busy worrying about my old hat, Ambrosia. The more I try to get rid of it, the more it comes back. I don't know what to do."

Ambrosia thought for a few moments. "Stop worrying about the old hat, Uncle Nacho. Think about your new hat instead."

"Ah! I never thought of that before. How intelligent you are, Ambrosia."

Un poquito más tarde, Ambrosia llegó de visita de regreso de la escuela. —¿Qué pasa, Tío Nacho? ¿Por qué no tienes puesto tu sombrero nuevo?

—He estado demasiado preocupado por mi sombrero viejo, Ambrosia. Mientras más trato de deshacerme de él, más regresa. No se qué hacer.

Ambrosia pensó un ratito. —Deja de preocuparte por tu sombrero viejo, Tío Nacho. En cambio, piensa en tu sombrero nuevo.

—!Tienes razón! No se me había ocurrido antes. ¡Qué inteligente eres, Ambrosia!

Uncle Nacho put on his new hat. "Hat, let's go. I'm taking you to meet my friends!"

El tío Nacho se puso su sombrero nuevo. —¡Sombrero, vamos! ¡Te voy a llevar a conocer a mis amigos!

ABOUT THE STORY

Uncle Nacho (Nacho is the familiar name for Ignacio) is lovable, kind, but unable to change. His hat becomes a metaphor for all the bad habits that he cannot discard. Uncle Nacho's old hat keeps coming back because he still thinks in the same old ways. When Ambrosia tells him to think about the new hat, she is the voice of change which is youthful, intelligent, yet still respectful and loving.

Uncle Nacho's Hat is adapted from a Nicaraguan folktale performed by the Puppet Workshop of Nicaraguan National Television. The young workshop performers, some only 14 or 15 years old, use the medium of folktales to inspire people to think critically about important issues in their lives. This story was told to me by two of the puppeteers: Luis Latino and José David.

Artist Mira Reisberg was born in Australia, has traveled in Latin America, and currently lives and works as a graphic artist in the Mission District of San Francisco. Her paintings are known for their striking color and extraordinary imagery. In this, her first picture book for young people, she worked in acrylic paints on canvas.

My thanks go to Luis Latino, José David, David Schecter, Marta LeClerc, the Puppet Workshop of Nicaragua National Television, and the Nicaragua Information Center for their help on this project.

Harriet Rohmer
San Francisco, California

Children's Book Press, an imprint of LEE & LOW BOOKS Inc., 95 Madison Avenue, New York, NY 10016
leeandlow.com

Manufactured in China by Regent Publishing Services, February 2017

Spanish language consultant: Dr. Alma Flor Ada
Book design: Seventeenth Street Studios
Book production: The Kids at Our House

(L&L) 10 9 8 7 6 5
First Edition

Library of Congress Cataloging-in-Publication Data
Rohmer, Harriet.
    Uncle Nacho's hat: a folktale from Nicaragua = El sombrero del Tío Nacho: un cuento de Nicaragua / adapted by Harriet Rohmer; illustrations by Mira Reisberg.
    Summary: A bilingual folktale from Nicaragua about a well-meaning man who can't figure out how to make changes in his life until his niece, Ambrosia, shows him how.
    ISBN 978-0-89239-112-7 (paperback)
    [1. Folklore—Nicaragua. 2. Spanish language materials—Bilingual.] I. Reisberg, Mira, ill. II. Title. III. Title: Sombrero del Tío Nacho.
    PZ74.1.R56 1989
    398.2'097285—dc19   88-37090   CIP   AC